엔돌의 마녀

김소영 시집

엔돌의 마녀

달아실시선
56

달아실

일러두기

1. 본문에서 하단의 〉는 '단락 공백 기호'로 다음 쪽에서 한 연이 새로 시작한다는 표시임.
2. 보조 용언과 합성 명사의 띄어쓰기 등 본문의 맞춤법은 시인의 의도에 따른 것임.

시인의 말

가서는 안 되는 길, 그 끝에
너는 서 있다.

은밀하고 절박한 길이었다.
나를 흔들어놓기 위해 다가오는
물리적이고 화학적인 모든 반응들이 모퉁이를
돌아 뚜벅뚜벅 다가오고 있다.

2022년
김소영

차례

엔돌의 마녀

2부. 죽어가는 무당벌레처럼 나이를 먹었어

3부. 답도 없는 질문을 버리는 밤마다

4부. 오, 나의 새빨간 사랑아

1부

우리가 선택했던 모든 행위는 지나갔다

제인 도우*

상황은 구체적이고 섬세했다

그녀는 오늘의 운세를 피하지 못했고
아름답게 정돈된 통증과 예언은 그녀의 것이 아니었다

역사는 모두 그녀를 비껴가는 중이었다
뼛속까지 흔들렸던 밑줄 친 문장들이 몰락하고 있었다

비는 그치는 중이었고
속도는 섣부르게 올라가는 중이었다
동공은 넓어지고 모든 면적은 캄캄해졌다
age, sex, address, medical history
그녀는 사라지고
제인 도우의 부끄러움은 동의 없이 이어졌다

산소호흡기 안에서도 추억은 힘이 없었다
그녀를 떠났던 소문들만 소란스럽게 번식했다

상황은 숫자로 기록된다
〉

계절은 증거 없는 육체를 관통했다
그녀는 기적처럼 살아만 있었다
쾌활하고 나쁜 선들이
탐욕스러운 관능이
염치없는 생각들이
덧씌워진 물감처럼 벗겨지고 있었다

예후는 좋지 않았다
경직된 꿈들이 그녀의 손금 밖에서 흩어지고 있었다

* 신원불명의 여자 환자, 시신, 피의자를 지칭하는 말.

alzheimer

문장과 시간이 멀어진다 비밀과 충치가 멀어진다 추억과 벌레가 멀어진다 빗장뼈와 남자가 멀어진다 염전과 복숭아가 멀어진다 시선과 여자가 멀어진다 문학과 지성이 멀어진다 서커스와 빨강이 멀어진다 깡통과 하느라지뼈가 멀어진다

문장은 시간을 지나간다
밤은 문장을 왜곡하고
우리는 서로에게 낯선 몸이 된다

갈비뼈와 갈비뼈 사이에서 빨갛게
휘어지던 시선

떠나버린 얼굴은 힘이 없고
지나간 시간마다 울긋불긋 가려운 기억

문장은 통조림처럼 쏟아지고
후루룩 짭짭 즐거운 여름벌레
〉

충치처럼 기억은 가벼워진다
복숭아처럼 달콤한 신화

오래된 詩 뒤에서 여자는 사라진다
한낮의 서커스

지나가버린 뒤에 뚜렷해지는 시간이 문장을 잃어버릴 때

통조림의 유통기간처럼 지나가버린 여자
혓바닥을 베이고도 입속에 맴도는 낯선 몸짓

침묵을 벗겨내도 남아 있는 후루룩 짭짭

시간은 문장의 과거가 된다 벽은 못의 과거가 된다 기억은 단백질의 과거가 된다 복숭아는 깡통의 과거가 된다 얼굴은 거울의 과거가 된다 두개골은 신화의 과거가 된다 뼈는 바람의 과거가 된다 詩는 여자의 과거가 된다

츄파춥스

구겨진 기억을 껴안고 잠을 자다 깼어요 쪽잠 사이에 끼어 있던 어떤 호우 시절은 후다닥 골목을 빠져나가죠 늙은 사람들은 오늘도 지속되는 기억 안에서 틀니를 닦고 츄파춥스에 붙은 개미 떼를 따라 외출해요 모든 금기는 달콤한 탐욕을 이기지 못하죠 안식일에도 아르놀피니의 부인을 탐하는 내 죄는 언제나 즐거워요 죽기엔 너무 어린 기억 밖에서는 눈이 내리고 누군가의 비밀은 폭로되죠 하얀 눈 위에 구두 발자국처럼 부끄러운 내 죄는 나이를 벗어나요 심장은 포슬포슬 숨소리는 나풀나풀 좋은 시절에 잠깐 당신을 만난 것 같아요 우리는 난잡한 기억을 터트려 꽃을 피웠지요 때맞춰 비가 내렸어요 깨어난 기억들은 톡톡 터져 올라오고 뿌리 없는 꽃들은 작정하고 피어나요 내 틀니는 동글동글 작지만 혀 속을 감도는 강한 쾌락이 궁금하고 의사는 작아지는 뇌 속에서 병적으로 감소하는 도파민의 변화가 궁금해요 늙은 초현실주의자는 명랑한 데이지꽃처럼 사라지는 기억 속에서 모든 금기를 풀어 삼백 원짜리 세상을 핥아먹어요 츄파춥스, 이 동그랗고 맛있는 기억이 금지된 죄라면 얼마나 더 감미로울까요

나바테아인이 왕국을 세우고

독일제 쌍둥이 칼로 싹둑 잘라낸 반달은 농담처럼 지나가던 바람에도 흔들렸어 내 눈동자도 살짝 흔들렸지 너는 목에 칼을 들이밀고 세상에 없는 아름다운 말로 사랑을 노래하라고 유혹하지 사랑해사랑해 빨간 발가락을 빨아대면서 입술을 달콤하게 물들이는데 쓰디쓴 눈물이 자꾸 입술을 닦아내 나는 속도 없이 가장 맛있는 발가락들을 그 지골들 사이를 발라먹어 열네 개의 발가락뼈를 그 위로 발허리뼈 발목뼈를 샅샅이 핥아 스물여섯 개의 뼈들을 퍼즐처럼 맞춰주는데 너는 오른쪽 발도 내밀었어 내 혀뿌리에서는 연지벌레 같은 근육이 흥분하지 가보지 못한 사해에는 썩지 않는 고등어가 익어가고 파란 장미가 헤엄치고 있어 가시는 건드리지 마 목에 걸릴 수 있어 이스라엘과 요르단에서 온 사람들은 국경 없는 마을에서 된장찌개와 김치찌개 중에 무엇을 먹을까 고민하는데 잘려나간 달은 어느새 통통하게 살이 오르고 독일제 쌍둥이 칼은 무뎌지는데 쉰두 개의 뼈들을 발라낸 내 입술은 달콤하지 사랑해사랑해

망종亡終

끝도 없이 시작만 하는 문장이었다 모르는 상황이었다 텅 빈 공간이었다 가본 적 없는 계절과 시간이었다 내용 없는 눈물이 흐르기도 했다 슬픔은 구체적이지 못해서 다 떨어지기도 전에 말라버렸다 밤에는 개와 늑대가 교미하는 꿈을 꾸기도 했다 그 살들이 별처럼 탱글탱글 익어가고 있었다 민망한 상황에서도 나는 자꾸 뜨거워졌다 그 탱탱한 살들이 그리웠다 살점이 떨어져 나간 뼛속에서는 곡소리가 들렸다 긴 곡哭이었다 상황은 구체적이었다 곡소리가 끊어지기도 전에 아침이 왔다 아침 약을 먹었다 이렇게 상황이 끝나기도 했다

태양의 황경이 칠십오 도에 도달했습니다
나는 씨를 뿌립니다
망종芒種입니다 시작만 있는 상황입니다

근거도 없이 죽음처럼 다정한 소리들이었다 시작은 선풍기 소리로 가득했다 선풍기는 닳고 닳은 내 아랫도리처럼 절뚝거리며 돌아가고 있었다 상황은 처음부터 이해하는 게 아니었다 삐걱삐걱 뼈들이 부딪히고 여름 아이들은

태양보다 뜨거운 연을 날리고 있었다 꺼끌꺼끌 난알들이
제 살들을 비벼댔다

연줄은 끊어졌습니다
파란 잉어 연은 바다를 향합니다
세상은 텅 비었습니다

gray zone*

겁 없이 현란했던 청춘 식을 줄 모르던 원색의 날들 나, 지나가고 너, 지나가고 배롱나무 말총나무 꾸지뽕나무 화살나무의 표정들 사이사이로 봄여름가을겨울 다 지나간다 급격하게 세워진 우리의 혁명적 낭만주의는 골밀도처럼 낮아지는 기억의 윤곽을 지나간다 cbc Rbc wbc Hb Hct Plt··· 내 피가 나도 낯설다 좌심방 좌심실 대동맥 동맥 모세혈관 정맥 대정맥을 거쳐 그 골목 두 번째 집에 살던 네가 지나가고 스무 살, 그 한가운데 혁명처럼 서 있던 우리의 포플러나무 위로 뜨거웠던 그날의 피처럼 캄캄한 별들이 지나간다 우심방 우심실 폐동맥 폐 폐정맥 다시 좌심방 좌심실로 숨차게 흘러 다니던 내 알파벳들의 파랑이 헐떡거린다 C에 차이고 w에 막히고 H에서 복선처럼 b로 돌아간다 모든 풍경은 에크모** 안으로 깊게 가라앉는다 함부로 버텨낸 빗장뼈가 기우뚱 지나가고 오래된 표정들은 눈앞에서 시퍼렇게 무너진다 여름벌레처럼 늙어가는 혈관 밖에서는 부드럽고 촉촉한 기억들이 무겁게 떨어진다 나의 죽음은 아직도 화창하게 지나간다

* 삶과 죽음 중 어느 영역에 속하는지 불분명한 중간지대. 연명의료로 발생한다는 특징이 있다.

** 환자의 몸 밖으로 혈액을 빼낸 뒤 산소를 공급해 다시 몸속에 투입하는 의료장비를 가리킨다. 이는 환자의 심폐 기능이 정상적이지 않은 경우 사용하는 것으로 환자의 순환기 기능을 보조하기 위한 것이다.

alzheimer 1

당신은 나를 기억해줬으면
당신의 기억이 와 닿기 전에 부끄러운 나는 사라졌으면
사라진 그 자리로 소란스런 꽃들이 자라나고
엉성한 소문들이 자갈처럼 나뒹굴고
토막 난 시간이 캄캄해진 내 눈가에 닿지 않아도
오래된 나를 좀 기억해줬으면

나는 사라지는 중입니까
시작은 연기되고 미래는 취소되었습니다
젊음은 살아본 적도 없이 늙어가는데
여름벌레보다 빠르게 내 기억은 지나갔습니다
나는 나를 증명할 수 있습니까

부끄러운 냄새가
캄캄한 손바닥 안에서 생명선을 지워가고
오래된 심장은 수축과 이완에서 어긋납니다
티눈 박인 당신의 오른쪽 엄지발가락을 기다리고 잊어버리고
다시 기억하라고 기억해내라고 해가 뜨고

대동맥에서 모세혈관까지 캄캄한 피가 돌고 노을이 지고
나는 자꾸 사라지는데
오래된 당신은 캄캄해진 나를 알아봐줬으면

오래된 야채가 자기들끼리 가슴을 포개며
초록으로 문드러지는 밤
나도 당신과 그렇게
썩어 문드러지고 싶었습니다

나는 끝내 빈 문장으로 남겨집니까

살바도르 로크*

선택은 존재하지 않았어 인생은 내가 들어서기 전부터 기울어져 있었고 돌보면 돌볼수록 병들어가는 내 사랑은 오늘도 사막 끝에 서 있지 세상의 모든 결핍은 내 아침을 지나 미술관 옆 삶은 강낭콩이 있는 부드러운 구조** 안에서 조작됐어 소문은 허벅지에 매달린 서랍을 열어 또 다른 사막을 토해놓았지 소금호텔을 비켜 간 지프는 오프로드를 덜컹거리며 지나갔어 녹슨 열차는 끊어진 철로 위를 달리고 그 기억 위로 멸종됐다던 제임스플라밍고가 날아갔지 붉은 날갯짓에 모든 경계는 부드러워졌어 나는 오늘도 충분히 비겁했지 사거리 횡단보도 안에서 상반신을 꼿꼿하게 세워도 두 다리는 늘 허공을 딛고 환상은 바위처럼 단단해지지 혓바닥처럼 늘어지는 퇴근길에서 모든 꿈은 정체됐어 약속 없는 오늘의 날씨는 파랗게 노을이 지고 나는 서울외곽순환도로 성남 분기점에서 모든 중력을 내려놓았어 염치도 없이 해방된 바위는 흐물흐물 바닷속으로 돌아가고 지느러미가 잘린 물고기들은 싱싱한 고래 등에 불을 밝히고 삼가 고인의 명복을 비는데 나는 부서진 이야기들처럼 오래된 바위 옆에서 조용히 구겨졌어

* 우유니소금사막을 지나면 초현실주의 작가인 살바도르 달리의 그림을 그대로 옮겨놓은 듯이 서 있는 기암괴석들이 모여 있어. 그 모래사막에는 화산으로 인해 생성된 암석들이 오랜 풍화 작용에 의해 갖가지 모양으로 깎여 있지. 그 바위들을 이곳 사람들은 살바도르의 바위라고 불러.

** 자칭 천재라고 생각하는 살바도르 달리가 스페인 내전을 예감하고 그렸다는 그림 제목이야.

그런 날은 지나갔어요*

여자가 사라졌습니다
우아하고 활기차게

미끄러운 시간들을 씻어내다가 손가락이
깨진 화면처럼 사라집니다
손가락들은 물결 따라 경쾌하게 흘러가고
놀라서 움켜쥔 손금이 발등으로
뚝뚝 떨어져 내립니다

떨어지는 손금 사이로 그녀의 왼쪽 허벅지가
끼어듭니다 그녀의 입술이 허벅지에서 환해지다가
첫 번째로 당신을 부정했던 계절 속에 잠깐
머무릅니다 봄여름 가을 겨울 길고
무거운 문장들이 떠내려갑니다
처음으로 당신과 다른 표정으로 웃어봅니다
그녀의 오른쪽 입꼬리가 완고한
손금들 사이를 빠져나갑니다

떨어져 나간 손가락뼈들은 피아졸라의

탱고를 연주하고 쉰두 개의 발가락뼈는
검은 구두 안에서 춤을 춥니다
부끄러운 밤들은 온통 붉은 드레스 자락에 휘말립니다

우리가 모르던 부에노스아이레스의 밤들을 지나
그녀가 사라졌습니다

* 〈록산느의 탱고〉 중에서.

카페 셈퍼플로레

너의 히스테리와 나의 히스토리가 겹쳐진다 사랑한다
바람이 불었다 느닷없이
우리가 선택했던 모든 행위는 지나갔다
우리의 찬란한 실패는 소멸했고
여름벌레들은 울음을 그쳤다

카페 셈퍼플로레 그 정원에서는
오늘도 부적절한 꽃들이 피어난다
눈부신 밤은 지나갔다 바람이 불었다

우리는 언제 깨끗해지나요
태풍을 지나면 부끄러운 냄새들이 없어질까요

과장된 감정들은 더 이상 주목받지 못한다
바람은 우리의 무모한 경험을 지나간다
철컹철컹 바퀴에 걸리는 후각들이 흔들린다

빵 굽는 오후의 공기는 자꾸 딱딱해진다 예민한
피와 땀처럼 떨어지는 욕망들 드디어

커피 찌꺼기에서는 곰팡이꽃이 피어나기 시작한다

우리의 갈등은 아무런 표정도 가질 수 없다
얼음 조각처럼 차가운 신경질은
아이스아메리카노 위로 빨대처럼 꽂힌다
충족되지 못한 욕구처럼 찰랑

너의 도입부와 나의 결말이 부딪친다 사랑한다

모든 뼈들은 음악소리를 낸다*

어젯밤엔 꿈을 꾸지 않았어요
모르는 꿈속에 들어가 섹스를 했어요
아무리 억눌러도 삐져나오는 색色들이
어둠 속을 가득 메웠죠
빨간 척추에서 보라색 미역이 돋아나오고
파란 두개골은 부드러워져요
빗장뼈는 간지럽지요 뼈들은 모두 즐거워요
이백여섯 개의 뼈들이 수초처럼 피어오르는데
노란 줄무늬 지느러미를 가진 아이들이 헤엄쳐 다녀요

머리 잘린 거북이가 알을 잃어버리고 설화 속으로
느리게 걸어 들어가요
생일 없는 거북이 알은 검은 문장들을 깨고 나오죠

똑바로 서서 원죄를 구워 먹는 생일 아침이에요
우리는 오스트랄로피테쿠스처럼 즐거워요
이건 분명 내 꿈이 아니에요 나는 자꾸 부끄러워져요
혹시 당신 꿈이었나요

* 윤후명 소설 제목 '모든 별들은 음악소리를 낸다'를 변용.

모든 각도는 쓸모를 생각했습니다

모든 각도는 쓸모를 생각했습니다
우리는 구부러진 모양으로 자기의 쓸모를 드러냈습니다
이제는 없어진 자하문 모텔방 안에서
꼭짓점처럼 맞물렸습니다
그렇게 자하문 밖에선 부추꽃이 피었습니다

우리는 네 변의 길이가 모두 같은
결이 고운 정사각형인 줄 알았습니다
그 각 안에 서로의 체온을 가두기도 했습니다
그때 우리는 따뜻했습니까

당신을 보내고 난간 없는 계단을 내려오는 밤마다
세상에 쓸모없는 각들을 만들어냈습니다
걸음은 난잡해지고 모든 각도는 어긋납니다

숙제처럼 혼자 밥을 먹었습니다
식탁 위에 놓인 구설수들은 유월의 운세를 맞췄습니까
오늘의 나의 운세는 세상의 먹이가 됩니다
〉

꿈은 더 이상 위로가 되지 않았습니다
오늘의 날씨도 궁금하지 않습니다
어떤 각도에서는 소문도 노래가 됩니까
하늘에선 비가 그쳤습니다
낡은 담요 끝에 남겨진 도형들은 습기 많은 먼지처럼
내 주변으로 가라앉았습니다

나를 받치던 밑각들이 흔들립니다
아직도 부추꽃은 피어 있습니까

과거 밖에서도 미래는 어긋나고
나는 혼자서도 잘 망가집니다

직선으로만 곧게 뻗어 내게로 구부러지지 않던 당신,
어디서 한 번쯤은 당신도 누군가를 향해 다시 구부러집니까

오스트랄로피테쿠스

올두바이협곡에 누워 있는 그녀의 몸짓을 읽어냅니다
호미니드의 입천장 뼛조각보다
그녀는 더 가볍고 얇아졌습니다
그 얇은 문장과 문장 사이에 그녀가 누워 있습니다
심장을 맞대고 포개진 늑골 그 후미진 곳에서
숨을 섞고 시를 섞고 살을 섞습니다

날숨과 들숨 사이에 끼어서 신음하는 고양이었다가
순한 눈을 가진 강아지였다가 꼬랑지 감추고
모텔 골목 사이로 기어 들어가는 쥐새끼였다가
시인의 말 속에 감춰둔 욕망이었다가
로맨스였다가 불륜이었다가 시집이었다가
시 제목보다 많은 체위를 가진 사랑이었다가
경쾌하지만 유쾌하지 않은 인연이었다가 악연이었던
그녀는 삼백만 년 전에 처음 만나 인사를 나눈
명랑한 직립 보행자였을지도 모릅니다

검은 머리뼈를 휘날리던 나였다가 너였다가
사랑이었다가 시인이었던 그녀를
발칙한 세렝게티의 초식동물처럼 만났습니다

오르도비스기의 대멸종

도입부 같은 밤들을 지나왔습니다 여자와 남자는 미세먼지와 안개가 구분되지 않았던 그 새벽에 헤어집니다 돌아선 등에 저주를 퍼붓고 누구나 한 번은 겪는 돌림병 같은 거라고 헤어짐은 끝이 아니라 시작이라고 밑도 끝도 없는 정리를 합니다 여자는 세상에 둘도 없는 개새끼를 만났고 남자는 돌멩이보다 흔한 미친년을 만났습니다 페이스북에 저장된 명랑한 인사들을 지우고 빠르게 진화합니다 그들은 지구상에서 발견된 최초의 척추동물이었을지 모릅니다 달 속을 헤엄치던 유연한 지느러미는 딱딱한 뼈들을 키우고 있었지요 사억 사천삼백만 년 전 지구는 자꾸 따뜻해지고 빙하기 생물의 대멸종이 일어났던 그날처럼 파도 소리는 물때를 넘어갑니다 페이스북에 저장된 표정들이 만조와 간조 사이에서 휘청입니다 빨간 등대 아래서 명랑한 바지락을 핥아먹던 입술이 빨개집니다 하얗고 긴 국수 가닥처럼 후루룩 당신이 그립습니다 고생대를 지나온 결말들은 툭툭 튀어 오르는 공깃돌 같은 기억에 훼손됩니다 오르도비스기의 개새끼와 캄브리아기의 미친년이 별자리처럼 닿았다가 떨어집니다 이십일 세기 안에서 환했다가 어두워지는 중력을 우리는 견딜 수 있을까요 그리움이 캄캄해집니다

엔돌의 마녀

나는 모든 신화를 부정하고 태어날 거야

메소포타미아를 지나 예루살렘을 건너
매음녀의 자궁을 향해

꾸역꾸역 가다보면
혼돈의 진리 그 가운데 서 있는 메스키트나무도 지나겠지
신화처럼 넓고 깊은 뿌리
어설픈 추종자들과 적대자들
스타벅스에서는 그 시간에도 명랑하고 발칙한
신화들이 만들어지겠지

햇살 아래서도 지옥을 꿈꾸는 나체

나는 빨간 신화를 신고 우파우파 불춤*을 출 거야
나를 부정하는 시간마다
또각또각 새겨지는 타락의 고리

나는 모든 신화를 부정하고 다시 태어날 거야

* 폴 고갱의 〈우파우파(불춤)〉. 고갱은 이 그림을 통해 자신의 성적 욕망을 보여준다.

에코르셰

벗겨지고 있는 것들은 뜨거웠어
겨드랑이 안쪽에서 몰래 시작되는 이야기
까마귀 살갗에서 뽑혀 나가는 깃털
토닥토닥 잘려 나가는 손금들
까맣게 소용돌이치는 지문 따라 벗겨지던 햇살
메스가 닿는 곳마다
미끄러운 이야기가 쏟아지고 있어

배경은 벗겨도 벗겨도 주홍이었어
몸 구석구석 은밀한 곳에서 난처한 냄새를 풍기지
허기질수록 향기로웠어
서커스 같은 체위를 멈추면
깃털 빠진 까마귀가 화면 밖으로 날아갔지

허벅지 안쪽에서 팔랑거리던 생식기를 떼어내고
아포크린샘에 머리를 박고 죽은
까마귀 떼를 추모할 거야
치골에서는 깃털로 장식한 욕망이
크리넥스처럼 얇은 수의를 입고 있어

나는 허리에 묶어둔 메스를 감추고 뜨거워질 거야

나를 모르는 네 살점들을 발라내고
서까래 같은 갈비뼈를 제거할 거야
치열한 시적 수사를 하나하나 벗겨내고
설부른 결론처럼 끈질기게 붙어 있는 혈관을 뒤져
팔딱이는 심장을 찾아낼 거야

너의 주제는 뜨거웠지 우리의 시작처럼

에코르셰 1

육포를 만들까요
우리의 살점을 모아
당신은 음란하고 달콤해요*
뇌하수체에서 피어난 우리의 테스토스테론의 구조는
찬란했나요

우주보다 무거운 침묵에도 벗겨지지 않는
당신의 푸른 질문은 번식이 아니라 생존이에요
나의 바지락 같은 살들은 완벽한 서정을 꿈꾸는데
결론을 부정하는 당신의 단백질은
여름벌레처럼 자꾸 흩어지네요
당신의 뼈에서는 칼슘, 인, 마그네슘들이
아직도 뜨거워지고 있나요

활성화된 사랑의 분자들은
당신의 빗장뼈 안에서 죽어가는데
열리지 않는 침묵의 깊이를 잡아당겨
그 간격만큼 나는 여기 살아 있어요
〉

벗겨도 벗겨도 벗겨지지 않던
당신의 침묵 안에서는 오늘도
불안한 사람들이 만나
즐거운 무덤이 되고 있나요

* 영국의 록 밴드 T. Rex의 〈Get it on〉 가사.

장생포

고래가 사라진 꿈속에서 심장을 잃어버렸지 주전 몽돌 해변의 자갈 같은 통증이 까르륵 까르륵 가슴 위를 굴러다녔어 북구와 동구의 퇴행하는 모텔들 사이에 끼어서 고래가 된 내가 헤엄치지 남자가 왔어 그는 세상에서 가장 야한 통증을 만들어냈지 한여름 밤의 꿈처럼 슬픈 고래들이 음악 소리를 냈어 나는 블랙 라벨이 붙은 심장을 카트에 담고 큰 고래 뱃속으로 걸어 들어갔어 헝클어진 탯줄이 먼저 와서 기다리고 있었지 계산대에 놓인 심장을 봤어 너무 싼 걸 골랐나, 고민했지 그 사이로 오래된 고래 뼈들이 웅성거리며 지나갔어 포장된 심장을 들고 좌심방 좌심실 위쪽으로 자리를 잡았어 더 이상 불이 켜지지 않는 낡은 간판들은 주인 없는 꿈을 꾸었어 죽은 고래를 안고서 남자가 울고 있었지 고래는 꿈속에서도 나를 잃어버렸어

그린란드

당신의 첫 문장을 열어봅니다 무영등 아래서 당신의 표피는 기저층부터 거칠게 메스를 거부합니다 차가운 피하지방을 뚫고 엄격한 근육을 들춰내면 당신의 새빨간 본능은 모든 항로를 벗어납니다 우리의 항해는 출발부터 난항입니다 나는 당신의 침묵 속으로 삐걱삐걱 들어갑니다 빙하처럼 고요한 당신의 속도 안에서 나는 메르카토르 도법처럼 왜곡됩니다 나침반을 잃어버리고 유속이 매우 느렸던 밤 우리는 꼬리뼈에 새긴 문신 안에서 짐승처럼 놀았습니다 위도와 경도 사이로 바다가 밀려들어 오고 모든 각도는 휘어집니다 메스 끝에 걸린 불편한 문장들은 당신의 심장을 가로막습니다 우리의 구부러진 본능은 터질 듯 말랑하고 따뜻해집니다 파닥이던 당신이 그 말랑한 문장이 침몰합니다 우리는 난파선에 새겨진 오래된 글자처럼 울었습니다

섹션 페이퍼

우리의 체위는 거짓말과 배꼽 사이에서 어긋납니다
눈금과 눈금 사이에서 삐걱거리는 꿈은 아직도
연결과 갈등의 점선 위치에 몰두하고
오래된 우주는 기우뚱 선을 넘습니다

신화는 만들어지고
달은 지구의 표면을 우리의 골반뼈는 태양을 향하는
추이 곡선 안에서도 사랑은 풀리지 않습니다

세상의 모든 위선과 발목 사이로 나비 한 마리 날아오르고
봄날은 갑니다 한여름 밤의 꿈처럼 시끄러운 날들이
그 자리를 지나가면 매끈한 후각은 옛날 애인을 떠올립니다

같은 침대에서 다른 공식을 세우는
애인들의 널브러진 속옷이 소수점 아래로 떨어집니다

서로 다른 두 점을 이은 선분 안에서도 우리의 체위는

왜곡됩니다 거짓말은 x와 y의 배치를 수정하고
빨간 꼭짓점 안에서도 우리의 염색체는
꺾은선그래프 밖으로 도망칩니다

배꼽에 붙은 DNA를 샅샅이 지워내도
세로와 가로를 가둔 꿈속에서는 자꾸 부끄러운 냄새가
납니다

압생트

거리마다 반짝이는 크리스마스입니다
당신의 뒷모습을 삼킨 창자 속으로
구불구불한 첫눈이 따라 들어옵니다
폭설입니다
골목을 삼키고 반짝거리는 예수를 삼키고
꼬마전구처럼 시끄러운 지구를 집어삼킵니다

딱딱해진 당신과의 귓속말을 살살 녹여 먹었습니다
그래도 우리의 결말은 독한 압생트 한 잔이었습니다

나는 오늘도 폭식 중입니다
삐죽삐죽 튀어 올라오는 딱딱한 표정들은
당신의 왼쪽 귀처럼 삐딱해집니다

첫 열차가 들어옵니다
당신의 문장은 방심한 위장 속에서 위액과 섞여 놀아납니다
보드랍게 발효된 모음과 자음들이 당신은 즐거웠나요
〉

나는 밤새 시끄러운 날씨를 도망쳐 나왔습니다
차가운 쓸개즙으로도 해독되지 않는 담황색 아침입니다
등자뼈 사이에 낀 중력은 폭설이 됩니다
귀가 잘려나간 자화상은 이 거리의 상징이 됩니까

문장은 나를 벗어납니다
산만한 계절입니다 나는 겨우 당신의 귓바퀴를 벗어납니다

그리운 엘리니아

매끈한 후각은 옛날 애인을 떠올려요
폭신폭신한 살 속에서 레몬 냄새가 났지요

우리는 킹스턴에서 비아레일을 타고
단풍잎처럼 바스락거리는 꿈을 꿨어요
온몸의 솜털을 깨우고
절정을 향해 노을처럼 사그라지다가
아름다운 나라의 문장 속으로 들어갔지요
빅토리아 아일랜드 마을 숲에서
까막까치밥 열매를 따 먹고
마법도서관에서 암로스와 님로델을 만났어요
그들은 한 문장 안에서 천열한 번째 헤어지는 중이에요
열차가 들어오고 있어요
나는 안전선 밖으로 밀려나죠
당신은 나의 왼쪽 기억을 빼 들고 전설을 찾아 떠났어요
나는 4호선 열차를 타고 서쪽 끝에 붙어 있는
오이도역에서 헤아릴 수도 없이 찾아왔다 사라지는
당신을 배경으로 네 번째 결말을 맺어요
〉

출렁이는 당신의 거짓말은
아직도 일랑일랑 꽃잎처럼 향기로운데
늙은 내 정수리에서는 자꾸 부끄러운 냄새가 나요

경계에 대한 감수성

내 뼈는 아직도 비굴하고 억울해요
어여쁘고 잔인하지요 신경질적으로 뜨거워져요
뼈와 마음의 경계에서는
지금도 동백꽃이 떨어지고 있나요
빨갛게 울컥울컥 그 뜨거운 것들을 토해놓는
구설수 많은 계절입니다

당신의 손끝 마디뼈가 닿았던 자리마다 꽃이 피었지요
사랑스런 우리의 뼈들은 자지러지듯 즐거웠어요
경쾌하게 빗장뼈가 열리는 저녁마다
나비뼈와 벌집뼈들은 심장心腸 안에서 춤을 추고
우리의 입천장뼈는 말랑해지죠

아침은 경박하게 어둠과 선을 긋고
오늘의 날씨는 위태로운 색깔로 경계를 만들어냅니다
대퇴골부터 등자뼈까지 환하게 밝았다가 어두워지던
그 빗금 위에서 우리의 몸짓은 부끄러웠습니까

모든 경계에서는 오늘도 부끄러운 냄새가 납니다
〉

우리의 뼈들은 더 이상 명랑해질 수 없나요
당신을 따라갈수록 당신에게서 점점 멀어지던
발가락뼈들은 소문보다 빠르게 가라앉습니다

뼈와 마음의 경계에서 늙어가는 손가락뼈들은
오래된 마음을 접었다 펼칩니다
펼친 자리마다 긴 자국처럼 당신이 거기 있습니다
그렇게 당신은 사나운 내 왼쪽 손금이 됩니다

바람이 어떤 식으로 불든

아프고 작았던 빛의 파장을 지나 겨울입니다 우리는 흑백의 시대를 뒤로하고 도발적인 색들을 풀어놓습니다 기억은 점점 달아오르고 당신은 과거도 없이 내게로 훅 들어옵니다 나는 당신을 믿지 않습니다 당신은 나를 믿지 않습니다 그럴수록 체위는 점점 화려해지고 짙어집니다 서커스 같은 시간이 흘러갑니다 우리는 미래를 살지 않았습니다 눈이 내립니다 살과 살이 섞이고 수평과 수직의 금욕적인 정물들이 섞이고 우주의 시작과 끝이 섞이는 밤입니다 회오리처럼 섞여 돌아가던 별들이 뚝뚝 떨어집니다 당신이 떨어져 내립니다 우리 앞에서 기억은 점점 딱딱해지고 당신과 나는 별처럼 멀어집니다 바람이 붊니다 우리의 자세는 바뀌지 않았습니다 겨울은 망가진 크리스마스를 싣고 프리즘 같은 기억 속으로 들어갑니다 보라색 무덤이 유성처럼 쏟아져 내리는 밤입니다 샛노란 거짓말이 피어납니다 사이프러스처럼 푸른 체위가 닫혔다가 열렸다가 밤새 달리고 있습니다 휘어진 기억의 스펙트럼 속으로 새빨간 바람이 붊니다

2부

죽어가는 무당벌레처럼 나이를 먹었어

새는 폐곡선을 그린다*

세상의 모든 암술과 수술이 창세기처럼 피어납니다
기원전 시간들이 혓바늘처럼 돋아나오고
하얀 문장들은 모든 무게를 잃고
내 앞에서 무너집니다

보시기에 심히 좋았던 남자와 여자는 오늘도
이별 중입니다
재건축추진위원회 설립 현수막 아래서
도둑고양이는 도둑고양이를 낳고
가난한 엄마는 가난한 딸을 낳았습니다
눈이 밝아진 새들은 예쁘지 않은 얼굴을 새벽마다
다시 그려 넣습니다
남몰래 커가는 사생아처럼 웅크린
여덟 번째 날 아침입니다

무덤을 뒤집어 계단을 올라갑니다
금이 간 사람들은 반으로 잘린 사과를 나눠 먹습니다
저녁마다 불행한 아이들이 태어나고
가출한 딸은 무덤 속 벽화보다 더 많이 훼손됩니다

* 2002년에 개봉한 전수일 감독 영화 제목.

모던 하우스

기어이 사라진 문을 두드려요

무덤 속으로 바람이 들어와요
현관이 부풀어
주방이 생기고 거실이 들어오는데 안방은
무뚝뚝하게 돌아앉아요

“쿠쿠가 맛있는 백미 밥을 완성하였습니다
잘 저어주세요” 압력밥솥이 열리면서
스마트한 싱크대 위로
부도 난 아침이 무너지는데

정직한 이자는 삐딱한 창문을 집어삼켜요
밥알처럼 탱글탱글한 은행이 익어가는데
똑같은 자리로 저녁이 돌아와요

문을 열어요
거꾸로 매달린 식구들이 박쥐처럼
날아오르는데

한 마리 두 마리 입속으로
덤벼들어요 끈끈하게 매끈하게
액체 괴물처럼 차갑게
뽀드득뽀드득 어금니 사이로 한 발 두 발
심장 소리보다 느리게 무덤 하나가 무너져요

딱딱한 날들의 밤

솥 안에서 부드러워지는 결말이 우리의 양식이다
배고픈 시간이 얼마나 더 길어야 할까요
딱딱한 절정이 지나가야 한단다

하늘에 계신 우리 아버지는
사백구 일째 농성 중이에요
서울에너지공사 열병합발전소 굴뚝으로
성탄절이 도입부처럼 지나가요
사람들은 서로의 딱딱한 결말을 피해
거리로 나오는구나
언제나 바깥보다 안이 더 시끄럽단다
폭신폭신한 스티로폼별을 달아 트리를 세웠어요
그래도 스파게티는 먹고 싶어요
딱딱한 시간들이 자꾸 길어지는구나
아버지를 언제 지상에서 만날 수 있을까요
너의 믿음은 캐럴처럼 시끄럽구나

아버지 대신 엄마를 기다려요
나는 언제 부드러워지나요

아노미

나는 결말 밖으로 사라진다

찰랑찰랑한 폭력으로 입수하는 저녁은 거울 속에서 평안하다 세상은 뿌옇게 팽창하고 딱딱해진 소리들은 타일 바닥으로 쏟아진다 쨍그랑, 기어이 모든 행위가 무너진다

77번 버스는 18-173번 정류장을 지나갔어 오후 세 시 삼십육 분 나는 불안한 내 손목을 잡고 노선 밖으로 들어갔지 손톱에 긁힌 소리들이 푸릇푸릇 무덤처럼 부풀어 오르고 나는 나를 죽일까 봐 내가 버려질까 봐 이 노선을 비껴갈 수도 없었어 노란 선 안으로 쏟아지던 오래된 폭력만 모든 속도를 벗어났지 그 속도 안에서 나는 작아지는 나를 위험에 빠뜨리고 속도 밖에서는 죽어가는 무당벌레처럼 나이를 먹었어

나는 내 방식대로 오래된 결말 안에서 싸우고 화해했다 그래도 세상은 아름다워지지 않았다 오늘 밤에는 돌도끼처럼 낡은 폭력에 저항한다 별이 빛난다 나는 저기서 다시 태어나고 싶다

단단한 살

어제 걸었던 길이 내 길이 아니었던 것처럼 나를 밀어내요 발바닥이 하얗게 일어나요 밀리면서 밀리면서 엄지발가락으로 에덴의 동쪽을 들어 올려요 순금의 땅에 묻어둔 베델리엄과 호마노를 찾으러 가지요 아킬레스건은 떨리고 무릎뼈는 동그랗게 튀어 올라요 생존이 급급한 새벽이에요 어금니는 선악과를 물고 놓지 않아요 오전 11시는 닫힌 문처럼 빳빳해지죠 스타킹은 결국 올이 나갔어요 발바닥부터 툭툭 터져 올라오는 실오라기들은 푸른 정맥처럼 파닥거려요 사직서를 쓰고 문을 열어요 사직서 한 장에 풍경이 달라져요 기혼의 강가에서 만났던 늙은 연어의 일상이 내 발밑에 머물러요 연어는 끝내 바다로 돌아가지 않아요 뼈 중의 뼈와 살 중의 살인 피붙이들은 닫힌 문밖에서 수선스러워요 내 피는 점점 차가워지죠 나는 더 이상 형제를 믿지 않아요

나를 어디에 데려다 놔야 할까요

나를 어디에 데려다 놔야 할까요
자궁 밖에서는 분열된 세포들이 유성우처럼 쏟아지고
잘 여문 뼈들은 명왕성 밖으로 달려 나가요

지난밤 성스러운 바다에서
우리는 검은 새를 날려 보냈지요
부랴트족이 솟대를 세우면
인중이 긴 아이들이 태어났어요
뼛국물에 떡국을 끓이고 경사가 많았던
할아버지의 고향은
가장 시끄럽고 험악한 고요 속으로 가라앉아요
할아버지는 부산에서 아버지는 연해주에서
나는 이르쿠츠크에서 색동옷을 입고
명주실 같은 목숨을 움켜잡았지요

대륙의 횡단 열차는 한 세기를 넘어가요
우리는 마음에 붙은 뼈들을 발라내면서
몽고반점을 지우고
단단한 엉치뼈 안쪽에 고향을 숨겨요
주인 없는 유전자는 명왕성 너머에서 반짝이죠

우랄알타이어족

두고 온 길에서는 아직도 벼락이 치고
어린 글자들이 죽어 나가요
여자가 오래된 모국어로 인사를 했어요
그녀의 안부는 자꾸 문장 밖으로 밀려 나가요

고집 센 아버지와 많은 형제들의 기도祈禱에서
끌려 나오는 각진 소리들이 부끄러웠어요
여자는 알타이산맥을 넘어 부드러운
문장 속으로 들어왔지요
머리카락처럼 새까만 모국어가 답답했어요

망가진 전설 사이로 녹슨 꽃들이 피어올라요
빛나던 한때도 없이 몰락하는 순간이었지요
오제르니 고개를 지나 빅알마티 호수에서 물고기들은
지나간 언어를 부화시키고 찢어진 문장을 깨고 나와요

여자는 머리카락을 자르고 노랗게 물들였지요
부끄러운 글자들이 한 세기 밖으로 쓸려 나가요
별자리를 부수고 나온 물고기들은 어미의 살을 발라먹고

어미의 어미가 버렸던 인사말로 새로운 전설을
써 내려가요 소리들은 자꾸 뼛속에서 부딪혀요

우랄 알타이어족 1

그곳을 지나면 이곳이에요
나는 이미 뒹굴고 있고
모음과 자음 그 틈에서도 뒹굴 거예요
가장 가벼운 기호 안에서 가장 무거운
소리 밖으로 뒹굴고 있어요

그 어떤 속도에서도 나는 당신에게 닿지 않아요

아직도 사막에는 감춰진 말씀을 찾아 떠나는 사람들이
흐억흐억 낙타 울음소리를 모래밭에 묻고
나는 그들의 안부를 물어요

아, 별이 떨어져요
우리는 오늘도 십자가에 못을 박아요

나를 모르는 이누이트인들은 다정하고
내가 모르는 도시에서는 오로라가 나부끼고
북 치는 소년이 지나가요
세상은 아직 어리고 소년은 말을 잃어버려요

파 라팜팜팜 라팜팜팜

사막에 떨어진 십자가를 메고 얼음 바다로 가요
당신의 의미와 나의 문장은
여전히 지구 표면에서 가장 날카로운 곳을 지나는 중이에요

R의 내레이션

할머니는 치매가 시작되었다
어머니는 이미 우랄알타이어족이고
나는 아직도 풍경 너머에서 씨를 뿌린다

색동저고리를 입고 호랑이 품에서 잠든 할머니가
전설 속으로 걸어 들어간다
세상은 아직 어리고 디아스포라의 소년들은 늙지 않는다

화투 점을 치는 할머니의 오른쪽 손가락 사이로
흑싸리 꽃이 지고 있다 사월 두견새의 존재는 이별이었다

때를 놓친 감정들이 밤마다 몰려다녔다
고요한 섹스
현란한 파도
시끄러운 뒤통수에 덧칠해지는 물감들
흔들리는 풍경
늙지 않는 소년들은 까치처럼 호랑이 머리맡에 앉아 있다
무례한 해설들이 난무했다
〉

오른쪽 뺨을 맞고도 왼쪽 뺨을
내미는 광대뼈 굵은 젊은 어머니는
늙은 딸을 업고 골목으로 사라진다

썩지 않는 씨앗은 꽃이 되지 못했다
묘사되지 못한 울음 나는 또 경계 밖으로 밀려난다

3부

답도 없는 질문을 버리는 밤마다

사람을 기억하는 방식

나는 처음부터 희미했어
안식일에는 하얗고 좋은 냄새가 나는 아이들이
내 옆을 지나갔지
왼쪽 끝에서 네 번째 줄 아무도 주목하지 않는 거기서
나는 가끔 쓸 만해졌어
메소포타미아의 지구라트 계단에서
죽어가는 무당벌레들의 길을 찾아내고
단단한 신전에서 물렁한 바위처럼 포개졌지

나는 여덟 번째 어금니 같은 구석방에서
충치처럼 부지런히 위험한 쾌락에 대해 시를 썼고
아무도 읽지 않는 시를 고쳐 쓰는 밤마다
번데기처럼 깨끗해졌어

역사는 사람을 기억하지 않았어
전쟁터마다 평화협정이 체결돼도
전설을 쫓던 아이들은 다리를 잃어버렸고
탄피로 일용할 양식을 주시는 그들의 아버지를
우리는 습관처럼 용서했지

그래도 전쟁은 끝나지 않았어

어린 누이들은 아버지 없는 예수를 잉태하고
살갗이 없는 아이들이 태어났지

밤마다 눈이 내리고
취한 말을 끌고 국경을 넘는 오빠들은
새벽이 오기 전에 죽어갔어

나는 티그리스강 바깥에서
하얀 아이들을 탐하고 단단한 살갗을 만들어냈지
희미한 얼굴을 지우고
역사를 고쳐 쓰는 아침마다 아버지의 말씀
바깥에 서 있는 사람들을 기억해냈어

메리 크리스마스

오늘은 이방인의 크리스마스입니다

에아가 아들 마르두크를 낳고
마르두크가 그의 아들 나부를 낳을 때까지
나는 소리도 없이 또 태어납니다
예레미야의 예언으로 크리스마스에 죽은 형제들은
신발보다 더러운 인생을 살아냅니다*

아버지 없이 시험관에서 태어난 예수는
이화마을 담벼락에 천사 날개를 벗어두고 사라집니다
나는 예수의 말씀 안에서도
사랑하지 않는 사람의 애를 배고 입덧을 합니다
나를 게워내고 당신을 거부합니다
열 달은 어지러운 계보처럼 흘러갑니다

오늘도 하나님 왼쪽에 앉아 있던 딸들은
비둘기처럼 내려와 몸을 팔고 사내를 유혹합니다
가버나움의 아이들은 거리로 쏟아져 나오고
딸들은 기원전에 낳은 아들을 잃어버립니다

* 영화 〈가버나움〉에서 '나를 태어나게 한 부모님을 고소하고 싶다'는 소년 자인의 대사.

결혼 행진곡

난 선을 넘기 시작했어 나의 왼쪽 빗장뼈는 아직도 저 선 안에서 여름벌레처럼 웅크리고 있는데 내 오른쪽 쐐기뼈는 힘찬 한 걸음을 내디뎠지 왼쪽 허파꽈리에서 검게 그을린 한 점, 그 꽃다운 질문을 외면하고 스물아홉 번의 후회로 왼쪽 등자뼈 뒤에서 조금 울었어

스물아홉 개의 결정적 장면에 금이 가고 있어

한 번도 상처받지 않았던 것처럼 오른쪽 발목뼈는 힘차게 지구는 둥그니까 앞으로 앞으로 걸어서 세계 속으로 풍선처럼 가볍게 떠다녔지 나의 동그란 무릎뼈 속에서도 금지된 모든 균열은 아름다웠어

스물아홉 개의 결정적 장면에 금이 가고 있어

너를 속이고 나를 속이고 우리의 정든 상처들은 화려한 패턴으로 정신없이 속아주는데 나는 나의 왼쪽 균열을 감추기 위해 새끼발톱 끝에서부터 정수리까지 모든 뼈들의 텍스트를 오독誤讀하고 있어 거짓말에 길들여진 입술은

혀를 가두고 목구멍은 끝도 없는 식욕을 향해 誤讀 誤讀

스물아홉 개의 결정적 장면에 금이 가고 있어

아가미가 없는 오래된 바다에서는 미토콘드리아처럼 작은 질문에도 금이 가는 불길한 유전자들이 자라나고 있지 초록빛 바닷물에 두 손을 담그고 미역국을 끓여 먹던 발랄한 세포들 사이로 우리에게 친숙했던 무서운 아침이 다가오는데 생일 축하합니다 금지된 질문은 늙은 단백질처럼 목에 걸려 콜록콜록

스물아홉 개의 결정적 장면에 금이 가고 있어

오늘의 운세는 구설수처럼 아름다운 금지 항목을 만들어내는데 어린이처럼 상쾌하게 살아본 적도 없는 내 오른쪽 아킬레스건은 온 세상 어린이들을 다 만나자고 앞으로 앞으로 앞에서 휘청

스물아홉 개의 결정적 장면에 금이 가고 있어

레메게톤

나는 오늘도 오아시스처럼 더러워져요

나를 사랑한 파이몬은 나를 견디는 중이에요
마법의 문장들은 신화를 무너뜨리고
악마의 페티시를 가진 사람들은 스스로 악마가 되죠

폐기물로 만든 콘크리트 집은 자꾸 단단해지는데
우리의 늙은 낙타는 체르노빌을 지나
화창한 지옥의 서쪽으로 내려갔어요
모든 경계는 우리의 월경越耕을 즐기는 중이에요

기뻐하라 모든 악마는 빛나는 왕관을 벗을지니

고딕 양식의 대성당 같은 지옥에서
루시퍼는 사막처럼 화를 내요
파이몬의 낙타는 다리를 잃어버리고
루시퍼의 지옥은 도마뱀처럼 깨끗해져요

무간지옥無間地獄을 살아낸 사람들은

악마보다 더 오래 살아남아요
옛 질서는 사라지고 새로운 질서가 시작되죠*

초원을 숨긴 사막처럼 나는 여기에 살아 있어요

* 고린도후서 5장 17절.

문장은 어떻게 사육되나

갈매기는 빈 주머니에서 부스러기처럼 날아다니고
나는 오늘도 새우깡에 길들여집니다

깜박이는 마우스 커서는 새 문장을 기다려주지 않습니다
꿈은 갈매기를 방치합니까
바다가 끝나기도 전에 배고픈 마지막 문장이 떨어집니다

새우깡에 길들여진 입천장은
나의 첫 문장을 손쉽게 바꾸고 있습니다
바탕화면에 저장된 오목눈이 폴더에서는
세상에서 울어본 적도 없는 문장들을 압축하고
나는 아무도 찾을 수 없는 알집으로 돌아갑니다

내 문장들은 더 이상 소비되지 않습니다

문장이 되지 못한 새들은
오늘도 내 무덤의 이름을 바꾸고
바다는 태도를 바꾸고
갈매기는 먹이에 따라 입천장을 바꾸기도 합니다
〉

지저분한 문장들이 자기 검열 안에서 사육되는 밤마다
증식되는 과장된 표정은
한 번도 울어보지 못한 새들을 추모합니까
자본주의에 길들여진 문장들은
내 죽음에 화려한 장식이 됩니다

그 생업은
천막天幕을 만드는 것이더라(행 18:3)

천막을 자르고 깁던 여자들이 있다
자르고 자르다 천막이 된 여자들이 있다

하늘을 가리고 주야간으로 돌던 시간이었어 보이는 것과 보이지 않는 것 사이에서 질문은 많아지는데 천막은 나부끼고 가위는 자꾸 어긋났지 믿음은 말뚝처럼 자꾸 단단해지는데 손가락뼈들은 너무 어렸어 가끔 내가 만든 천막 안에서 잠이 드는 꿈을 꾸기도 했어

의심과 믿음의 엇갈린 두 개의 날은 오늘도
엄지와 검지 사이에서 가까워졌다 멀어진다

오래된 여자들은 골목마다 유통 기한이 지난 말뚝을 박고 있다 가위는 손바닥에 새겨지는 오늘의 손금이었다 여자는 물집처럼 부풀어 오르고 말씀은 손가락뼈에서 천막처럼 펄럭이는데 성실한 의심은 오늘도 여자를 덮친다

질문은 항상 위험했어 하늘을 가린 천막들이 밤마다 답

도 없이 파닥파닥 제 살들을 비벼대지 가위는 여자를 실망시키고 천막은 오늘도 바람을 잘라내고 있을 뿐이지

말씀을 벗어난 천막들이 의심처럼 펄럭이는 불온한 계절이었다 더 이상 보이지 않는 것은 믿지 않았다 원색으로 하늘을 가리던 질문들은 답도 없이 아름다웠다 여자들은 질문 대신 손가락을 잘라냈다 스물일곱 개의 손가락뼈들이 해답처럼 천막 위에서 쏟아져 내렸다 그래도 세상은 보이지 않는 것들로 가득했다

여자의 기도는 쏟아져 내리는 손가락뼈들을 위로하지 못했어 부드러운 시절도 없이 딱딱하게 늙어갈 뿐이지 대답 없는 세상에서 마디마디 잘린 질문들은 오늘도 여자의 가위를 벗어나고 있어

가위는 세상을 가르고 손가락들은 둥글게 실을 꿰어 우주를 횡단하지 손가락을 잃어버린 팔목끼리 저녁을 맞이하는 시간들 기도처럼 얌전히 식탁에 내려앉고 싶어

우주의 시작

우주의 시작점에서 모든 거짓말은 시작되고 있었지 큰 교회 옆에 붙어 있는 작은 횟집이었어 교회의 십자가는 오염된 바다를 향하고 횟집의 수족관은 우주를 꿈꾸고 있었지 바다에서 죽은 물고기들은 별자리를 찾아가는 슬픈 꿈을 꾸기도 했어 우리는 베드로의 열쇠를 쥐고도 십자가와 수족관의 모든 꿈을 세 번이나 부정했지 그 사이로 비가 내렸어 일곱 명이 앉아 대방어 한 마리를 해체하면서 각자의 소주잔을 채우고 비우고, 접시에 누워 있는 활기차고 명랑하고 감정이 풍부한 방어 살에 대해 이야기했어 우주의 본질은 너무 비좁고 수족관의 지느러미는 터무니없이 길었지 그날 밤 교회는 개방되지 않았어 교인들은 각자의 기도를 마치고 다음 주 기도 제목을 위해 또 다른 죄를 만들고 있을 거야 일행 중에 사랑하는 사람을 떠나보내고 우주에 혼자 남아 있던 그 사람은 그리움을 입안 가득 씹어 삼키고 비릿한 사랑을 작은 모텔에서 뒹굴게 했지 사랑하는 사람을 떠나보냈다는 결과는 떠나보내는 과정을 방치했어 오늘 밤에도 별자리는 바뀌고 있지 바다에서의 방어의 삶과 그 배경은 식탁 위에 방어를 결정했어 우주의 시작점에서 방어의 아름다운 창자가 삶아지고 비는 그치다 말고 꿈속에서도 현실을 직면해야 하는 과정은 아프게 지나갔어 사랑은 오늘도 끝을 맺지 못하고 대방어 옆에서 우주는 자꾸 작아지고 있었지 아직도 우리는 소주잔처럼 투명해지는 거짓말의 한 과정을 지나가는 중이었어 방어 한 점의 맛이 우주보다 깊은 밤이었지 바다는 멀고 교회는 늘 가깝게 있었어

상병코드 K01.173
— 8번 어금니의 질문

지금 물고 계신 솜은 최소한 2시간 이상 꼭 물고 계시다가 뱉으세요 솜을 물고 있는 동안에는 지나간 질문을 향해 침을 뱉지 마시고 이를 뺀 곳을 빨거나 담배를 태우지 마시고 침이 나오더라도 꼭 삼키시고 모든 질문은 삼가하세요 안양 곱창 골목에서 돼지들의 본질을 씹어대던 노린내 나던 시절은 입술에 침 발라가며 열 내던 사랑은 먹어도 먹어도 허기진 창자는, 공복에 약을 복용하시면 속이 쓰릴 수 있습니다 발치한 부위는 약간 부을 수 있으며 나를 믿었던 당신의 부적절한 열정은 풍선처럼 부풀어 오르고 우리의 질문은 꽃가루처럼 간지러워집니다 이를 뺀 후 이 일간은 얼굴에 냉찜질을 오 분 간격으로 부은 곳에 대었다가 떼었다가를 반복해주는 것이 붓기를 빨리 빼는 데 도움이 될 수 있습니다 사랑니는 뿌리까지 뽑아내도 그 뿌리가 묻혀 있던 자리는 뼛속 깊이 남습니다 아무 주의 사항도 없던 스물아홉은 겁도 없이 푸르다가 빨갛게 달아올라 도입부를 잃어버립니다 힘없는 결말은 흉터로 남지만 통증은 무뎌집니다 피가 멈춘 후 입안을 식염수로 자주 세척하셔서 무모한 경험들이 끼어들지 못하

도록 주의해주시고 이를 뺀 후 이십사 시간 동안은 목욕이나 심한 운동을 삼가하시는 것이 좋습니다 우리는 질문도 없는 여름을 지나는 중입니다

천국을 상상하고도
지옥을 만들어내는 존재들

내력이 센 힘들이 모여듭니다 고조선의 딸들은 고분 벽화처럼 오래된 계단을 내려가고 답도 없는 질문을 버리는 밤마다 아버지들은 삼층 모서리에서 와르르 벽화 속으로 흩어집니다 무용총의 널방 왼쪽 벽에 붙어 춤을 추던 무용수들의 어깨뼈가 무너져 내리고 휘청거리던 호흡 속에서 401호에 살던 배고픈 삼족오는 오늘도 소멸을 견디는 중입니다 502호의 난폭한 외벽은 112동을 넘어 안전진단 검사를 통과하고 재개발에 나섰습니다 백제에서 금동화로를 만들던 장인의 손가락뼈들을 부처는 기억할까요 삼우부동산 아저씨는 간판을 갈아 래미안부동산 사장님이 됩니다 재개발추진위원장이 뽑히고 도둑고양이는 도둑고양이를 낳고, 신라의 달밤에 처용탈을 쓰고 처용무를 추어도 실패한 역사는 배경도 없이 고구려 백제 신라처럼 무너져 내립니다 날 때부터 가난한 존재들이 있습니다 별자리 같은 이름을 달고 살아도 한 번도 반짝이지 않고 지는 존재들 오늘도 역사는 승자들이 규정합니다 빈손으로 다른 세계를 넘어가는 해와 달과 오래된 현관문이 일직선상에 놓입니다 삭망朔望입니다 오늘도 가출한 딸은 벽화보다 더 많이 훼손됩니다

4부

오, 나의 새빨간 사랑아

침묵

너는 자주 입을 다물지
침묵을 질질 흘리면서 말야
침묵이 금이라고?
침묵은 단지 더러운 도피
난 네 단단한 침묵의 껍질을 벗기기 위해
칼을 준비해놨지
각질을 벗겨, 피하지방을 긁어내고, 근육을 들춰
얽힌 뼈대를 발라내고
그 속에 숨겨진 네 심장을,
오, 그 팔딱이는 심장을 두 눈에 확인시키고
가운데 손가락으로 톡톡 두들기고, 튕겨보고, 까불리고,
감싸보고, 문질러도 봤다 버리기도 해봐야겠어
그렇게
완전하게 널 알고 싶어
갖고 싶어

어때, 이래도 입 꽉 다물고 버틸 수 있겠어

즐거운 먹이

오오츠크 해안의 기압골 영향에 따라, 혹은 척박한 현실에 따라,
비로 온다
네가 온다
발바닥부터 다리로 허리로 가슴으로 머리끝까지 푸욱
흡수된다
물기 먹은 종이처럼, 불어터진 국수 가닥처럼 흐물흐물
두개골이 가볍게 뭉개지고, 골골거리던 골수가 편안히 풀어지고,
비로 온다
네가 온다

비 개인 뒤에 담 넘어 숲속에 살던
도둑고양이 혹은 산뜻한 리얼리즘이
녹아내린 나를 핥는다
철저한 먹이가 된다 즐거운 먹이가 된다

오, 아름다운 창자

어린 코끼리가 옆으로 누운 채 곤히 잠들어 있다
— 김종삼의 「허공」 일부

꿈이었다고 생각하기엔
너무나도 아쉬움 남아
조용필의 허공이 목구멍을
간드러지게 넘나들 때

못 볼 걸 봤지
김종삼의 허공을 봤어

그의 창자를 보고 말았어
눈알이 튀어나오고
코끼리는 내 목구멍을 차단시켰지

밥맛 떨어지는 이 아름다움

아, 질 식 할 것 같 아.

살의

삭 삭……
싸악 싸악……

칼쟁이의 칼 가는 소리가
창살에 낀 달빛을 긁어내면

절망의 소리
가슴살을 저민다

치가 떨린다

즐거운 먹이 1

날 먹어줄래
너에게 먹히고 싶어
지지고 볶던 머리카락 잘라내고
면도날로 깨끗이 밀어줘
딱딱한 두개골을 깨고
부드러운 뇌수가 하얗게 차 있는 날 먹어줘

본질은 부드러운 거야

네 혀에서 살살 녹아나고 싶어
너의 목젖을 간지럽히며 미끄럼 타듯
위장으로 내려가 쓰디쓴 위액과 섞여

널 소화할래

십이지장을 지나고
간에 붙었다 쓸개에 붙었다 장난질 치며 널 흡수할 거야

나, 맛있니?
너, 맛있어

비행기를 타고

이유는 없었습니다 (이유가 없다는 건 이유가 너무 많아 확실한 이유를 찾지 못했다는 뜻) 그저 술에 취해보고 싶었습니다 그 말간 소주가 날 정말 취하게 할 수 있을지 의문스럽기도 했습니다 짜디짠 바다 바람을 안주 삼아 한 잔, 두 잔, 석 잔, 비로소 한 잔, 공초의 계산법에 따라 까르륵 까르륵 목구멍을 타고 넘는 소주, 술에 취한다는 건 내 몸이 자전을 느끼고 있다는 겁니다 어지럽게 돌아가는 지구, 같이 돌아갈 수 없는 나. (취하기 전엔 나도 지구와 함께 자전을 하고 있었다는 걸 취해서야 알았음) 지구 저 끝에 서 있는 너, 갑자기 작아지는 나. 모래알이 발가락 사이를 파고들고 이렇게 작아져서 나도 너의 발가락 사이로 파고드는 모래알이 되고, 그렇게라도 너의 한 부분이 되고, 행복하고, 비행기는 날아가고, (그 투명한 소주에 거짓말처럼 취했음)

악마의 유혹

잘난 척하는
너의 그 꼿꼿한 척추가 보고 싶어
잔인하지만
그 척추뼈 끝마디에 붙어 있는
네 후끈후끈한 본능을 관찰할 거야
발개지는 본능을 살짝 건드리면
우 우 웅-- 하고 울리겠지
퇴화해서 없어졌다는
너의 본능이 말이야
여기서 내 손가락은 황홀해질 거야
고, 빨간 것을 살살 풀어헤쳐
얼레 설레 달래서
살랑살랑 꼬리 치게 할 거야
손끝에 묻어 있는
네 본능을 사랑할 거야
오,
나의 새빨간 사랑아

물안개
— 불륜의 사랑을 꿈꾸며

그대 등 뒤에서 서성이다
견딜 수 없어
견딜 수 없어

딱딱한 그대 등에 고개 묻고 팔 벌려
옆구리에서 갈비뼈로 그대 심장에
칡넝쿨처럼 감겨들지만

흔들릴 수 없는 산
부둥켜안고 부서지는 안개

비처럼 쏟아져
살 섞일 수 없는 설움 덩어리
그 허연 눈물 덩어리

비루먹은 희망

신경질적으로 뻗친 시곗바늘
그 빨간 초침 사이로
흐르는 공기 한 가닥

헐레벌떡 물러서고

뱀 대가리마냥 빳빳이 일어서는
태. 양.
잠깐, 숨이 멎고

생존이 급급한 새벽
넋 빠진 하루

밤새 안녕하신가?

해설

'엔돌의 마녀'를 따라 낯선 세계로 들어가기

한명희(시인 · 강원대 교수)

1

쉽게 술술 잘 읽혀서 읽는 맛이 좋은 시집이 있는가 하면, 쉽게 읽히지 않아서 되새김질하는 맛이 좋은 시집도 있다. 김소영의 첫 번째 시집 『엔돌의 마녀』는 어떤가 하면 읽다가 쉬어가고 읽다가 쉬어가야 하는 시집이다. 『엔돌의 마녀』를 읽는 동안 낯선 단어들에 자주 막혔다. 시 한 편이 지닌 맛을 느끼기 전에 모르는 단어의 뜻부터 찾아야 했다. 시의 이해는 두 번째 문제이고 낱말 하나하나의 의미를 아는 것이 더 필요했던 것이다. 시를 읽을 때 늘 이런 과정을 거쳐야 하는 것은 아니다. 굳이 특정 단어의 뜻을 몰라도 맥락에 따라 그 뜻을 추측할 수 있는 경우는 많다. 일부 시어의 의미를 이해할 수 없더라도 시 이해에 크게 지장이 없는 경우도 있다. 시에 쓰인 '아'와 '어'가 다르고 그 '아'와 '어'가 시의 전체적인 의미를 바꾸는 경우도 있을 수 있겠지만, 이런 언어의 민감성보다 시 전체의 맥락을 더 중요하게 보아야 하는 시가 있게 마련인 것이다.

『엔돌의 마녀』를 읽는 동안 마주친 낯선 말들은 정확한 의미를 모르는 채 넘어가기 어려운 것들이 많았다. 그것이 미치는 파장이 시 전체에 걸쳐 있기 때문에 낯선 단어를 건너뛰고서는 시의 맥락을 잡을 수가 없는 경우가 많았다는 말이다. 이런 경험을 여러 차례 하게 되자 엔돌, 레메게톤, 메스키트 나무, 베델리엄과 호마노, 엘리니아, 브랴트족 같은 도통 모르겠는 단어들은 물론이고 섹션 페이퍼, 오르도비스기, 올바이두 협곡, 메르카토르 도법, 아르놀피니 같은 알 것도 같은 시어들에 대해서마저 슬그머니 자신이 없어졌고 결국 이들도 사전을 찾아 그 의미를 확인하는 과정을 거치지 않을 수 없었다. 이러한 과정은 이전에는 전혀 몰랐던, 혹은 희미하게 알았던 것들을 새로 알게 되는 즐거움을 제공했는데 단어들을 찾을 때면 낯선 세계를 여행하고 있는 듯한 느낌마저 들었다. 이러한 측면에서 일단 김소영의 시는 독자들의 지적인 도전을 유발한다고 보아도 좋다.

김소영의 시를 읽으면서 낯선 단어들을 따라다니다 보면 이 낯선 시어의 사용이 그가 시를 쓰는 하나의 방법론이라는 것을 알 수가 있다. '제인 도우', 'gray zone', '살바도르 로크' 같은 시어는 김소영 시인이 직접 자세한 해석을 달아놓았는데 이것들은 또 그대로 시의 제목이기도 하다. 그중의 한 편 「제인 도우*」를 보자.

상황은 구체적이고 섬세했다

그녀는 오늘의 운세를 피하지 못했고
아름답게 정돈된 통증과 예언은 그녀의 것이 아니었다

역사는 모두 그녀를 비껴가는 중이었다
뼛속까지 흔들렸던 밑줄 친 문장들이 몰락하고 있었다

비는 그치는 중이었고
속도는 섣부르게 올라가는 중이었다
동공은 넓어지고 모든 면적은 캄캄해졌다
age, sex, address, medical history
그녀는 사라지고
제인 도우의 부끄러움은 동의 없이 이어졌다

산소호흡기 안에서도 추억은 힘이 없었다

그녀를 떠났던 소문들만 소란스럽게 번식했다

상황은 숫자로 기록된다

계절은 증거 없는 육체를 관통했다
그녀는 기적처럼 살아만 있었다
쾌활하고 나쁜 선들이
탐욕스러운 관능이
염치없는 생각들이
덧씌워진 물감처럼 벗겨지고 있었다

예후는 좋지 않았다
경직된 꿈들이 그녀의 손금 밖에서 흩어지고 있었다

* 신원불명의 여자 환자, 시신, 피의자를 지칭하는 말.

—「제인 도우」 전문

나는 '제인 도우'라는 시어의 발견이 이 시 「제인 도우」 전체를 쓰는 과정과 맞먹는다 생각한다. 김소영 시인은 '제인 도우'라는 말에 스스로 "신원불명의 여자 환자, 시신, 피의자를 지칭"한다는 설명을 붙이고 있다. 시인이 특정 단어에 이러한 해설을 덧붙인 것은 이 말이 낯선 말이라는 이유 외에도 그것이 자신이 제시하는 바의 제한적인 의미로만 읽히기를 바라기 때문일 것이다.

인터넷 서핑의 도움을 받아 알게 된 것이지만 '제인 도우'에는 시인이 설명한 것보다 많은 의미가 내포되어 있었다. 김소영 시인이 의미를 제한한 영역 안에서 「제인 도우」를 읽어보면 '제인 도우'라는 단어의 발견이 이 시를 쓰게 하였으리라고 생각할 수밖에 없게 된다. '제인 도우'라는 단어를 알게 된 순간 이 시가 떠올랐다고는 할 수 없어도 적어도 이 낯선 단어가 환기하는 새로운 정서에 이끌려서 이 시를 쓰게 되지 않았을까? 낱말 중에는 분명 정서적 울림이 다른 말들보다 더 큰 것이 있다. 「gray zone」이나 「살바도르 로크」 같은 말이 그렇다.

「gray zone」, 「살바도르 로크」도 시인이 찾은 낯선 말들이 시를 끌고 가는 동인이다. 시인은 이 말들에 설명을 붙이는데 여기에는 사전적인 의미 이외의 것도 자주 포함된다. 예를 들면 '살바도르 로크'에 "우유니소금사막을 지나면 초현실주의 작가인 살바도르 달리의 그림을 그대로 옮겨놓은 듯이 서 있는 기암괴석들이 모여 있어. 그 모래사막에는 화산으로 인해 생성된 암석들이 오랜 풍화 작용에 의해 갖가지 모양으로 깎여 있지. 그 바위들을 이곳 사람들은 살바도르의 바위라고 불러"라는 설명을 붙이는 식이다. 이 설명들은 시 이해의 단순한 '참조 사항' 이상이다. 더 말할 필요 없이 이 설명들도 시의 일부로 이해되어야 하는데, 이 설명이 없이는 시의 의미망이 시인이 의

도하는 것과 상당히 달라질 수가 있기 때문이다. 시인은 자기가 의도한 범위 안에서 이 낯선 단어를 이해하기를 바라는 듯한데 시인의 편에서 보자면 이것은 독자를 대상으로 하는 하나의 즐거운 유희일 수도 있을 것이다. 시인이 정해놓은 영역 안에서만 시를 즐기게 하는 그런 유희 말이다.

시를 더 인용할 것도 없이, 이 시집에 실린 시들의 제목을 살펴보기로 하자. '제인 도우', 'alzheimer', '츄파춥스', '망종亡終', 'gray zone', 'alzheimer 1', '살바도르 로크', '그런 날은 지나갔어요', '카페 셈퍼플로레', '나바테아인이 왕국을 세우고', '모든 뼈들은 음악소리를 낸다', '모든 각도는 쓸모를 생각했습니다', '오스트랄로피테쿠스', '오르도비스기의 대멸종', '엔돌의 마녀', '에코르셰', '에코르셰 1', '장생포', '섹션 페이퍼', '압생트', '그리운 엘리니아', '경계에 대한 감수성', '바람이 어떤 식으로 불든', '그린란드'. 4부로 된 이 시집의 제1부에 실린 시들의 제목이 이러하다. 몇몇 개를 제외하면 '단어' 자체가 주는 '신선도'가 높은 것들이다. 물론 제목이 평범한(?) 시들에도 신선한 단어들이 포진해 있다.

이렇게 낯선 단어를 시로 끌어들일 수 있는 능력, 그것이 김소영 시인을 시인되게 하는 힘이다. 낯선 단어에 매혹되고 자신이 매혹된 길을 독자들에게 보여주는 방식, 이 방식이 김소영 시인이 시를 쓰는 중요한 방식이다. 그러나 시인은 그 길을 쉽게 보여주지는 않는다. 그의 시를 읽는 과정에 지적 노동이 동반되어야 한다는 것은 이미 앞에서 말했다. 당연히 언어는 사고를 지배하며, 또 언어는 존재의 집이므로 김소영 시인의 언어에 대한 민감성이 단지 언어만의 문제는 아니다. 그것은 사고의 문제이며 존재의 문제이기도 하다.

2

『엔돌의 마녀』 속에는 수많은 인유(引喩)가 들어 있다. 정확히 '인유'라고 할 수 있을지 그냥 '인용'이라고 해야 할지는 모르겠지만 하여튼 이것이 김소영 시인의 중요한 시작법의 하나임에는 틀림이 없다. 내가 과감히 김소영 시인이 인유법을 활용하고 있다고 하지 못하는 이유는 그의 인유법이 일반적인 인유법과는 조금 색깔이 다르기 때문이다. '인유'도 '인용'의 일종이고, 인용과 인유 사이에 정확한 경계가 있는 것은 아니지만 '인유법'이 조금 더 수사적인 표현법이고 따라서 조금 더 문학적으로 보일 수 있어 기왕이면 인유법이라고 말하고 싶기는 하다.

김소영 시인의 시에 나타나는 인유의 예를 들어보자. 「에코르셰 1」은 영국의 록 밴드 T. Rex의 〈Get it on〉 가사 중에서 "당신은 음란하고 달콤해요"를 인용하고 있으며, 「메리 크리스마스」의 "신발보다 더러운 인생을 살아냅니다"라는 구절은 "영화 〈가버나움〉에서 '나를 태어나게 한 부모님을 고소하고 싶다'는 소년 자인의 대사"를 인용한 것이다. 「오, 아름다운 창자」에는 "어린 코끼리가 옆으로 누운 채 곤히 잠들어 있다"라는 김종삼 시인의 시 「허공」 중 일부와 "꿈이었다고 생각하기엔 / 너무나도 아쉬움 남아"라는 가수 조용필의 노래 첫 두 소절이 병치되어 있다. 「그런 날은 지나갔어요」라는 시 제목은 〈록산느의 탱고〉에서 차용했다고 한다. 뒤에서 다시 얘기하겠지만 성경에서 인유한 구절들은 너무나도 많다.

국어사전에 의하면 인유는 "유명한 시구나 문장, 고사 따위를 끌어다가 자신을 표현하거나 보충하는 수사법"이다. 인유법이 수사법으로 적절히 기능하려면 그것을 읽는 쪽에서도 인유된 것에 대해 조금은 알고 있어야 한다. 인유법을 사용하는 시인은 자신의 시를 읽은 사람들이 인유법의 대상을 알고 있다고 전제하는 것이 보통이다. 그래서 별다른 설명을 덧붙이지 않는 경우가 많다. 김소영 시인은 많은 시를 인유에 의지하되 그 인유의 대상이 독자에게 낯선 것이 너무나 많다. 시의 제목에 또 시의 일부에 해석이 붙은 것은 이 때문이다.

세상의 모든 암술과 수술이 창세기처럼 피어납니다
기원전 시간들이 혓바늘처럼 돋아나오고
하얀 문장들은 모든 무게를 잃고

내 앞에서 무너집니다

보시기에 심히 좋았던 남자와 여자는 오늘도
이별 중입니다
재건축추진위원회 설립 현수막 아래서
도둑고양이는 도둑고양이를 낳고
가난한 엄마는 가난한 딸을 낳았습니다
눈이 밝아진 새들은 예쁘지 않은 얼굴을 새벽마다
다시 그려 넣습니다
남몰래 커가는 사생아처럼 웅크린
여덟 번째 날 아침입니다

무덤을 뒤집어 계단을 올라갑니다
금이 간 사람들은 반으로 잘린 사과를 나눠 먹습니다
저녁마다 불행한 아이들이 태어나고
가출한 딸은 무덤 속 벽화보다 더 많이 훼손됩니다

—「새는 폐곡선을 그린다」 전문

〈새는 폐곡선을 그린다〉라는 영화를 직접 보지 못해서 이 시가 〈새는 폐곡선을 그린다〉라는 영화를 얼마나 반영하고 있는지는 모르겠다. 그러나 김소영 시인이 시를 쓰는 방식을 생각해보았을 때, 이 시가 영화에 대한 감상문으로 쓰여지지 않았을 가능성이 너무나 크다. 이 시는 영화 제목을 인용했을 뿐 아니라 성경에서도 몇 가지 것을 인유하고 있다. '창세기'라는 단어가 직접 나오는 것은 물론이고 창세기 1, 2장의 인유가 분명한 "보시기에 심히 좋았던 남자와 여자"가 나온다. 창세기의 내용을 알고 있는 사람들은 이 시가 창세기의 이미지에 많이 의지하고 있음을 안다. "여덟 번째 날 아침"은 하나님이 여섯째 날 인간과 동물을 창조한 후 일곱 번째 날 휴식한 것과의 연관성 속에서 독해될 수 있으며 "반으로 잘린 사과를 나눠 먹"는다는 것은 에덴동산에서 아담과 하와가 사과를 나눠 먹은 것과 연동되어 독해될 수 있다.

이 시를 비롯해 시집 『엔돌의 마녀』에는 수많은 인유가 들어 있는데 성경에서 유래한 것이 아닌 경우에는 시인의 친절한 설명이 붙어 있는 경우가 많다. 위에서 인용한 시 「새는 폐곡선을 그린다」처럼 말이다. 그런데 왜 김소영 시인은 굳이 이러한 인유에 의지해 시를 쓰는 것일까? 시를 읽는 사람들이 자신이 인유하는 것의 내용을 잘 모를 것이라고 생각하기에 해설을 붙여가면서까지 말이다. 김소영 시인은 낯선 낱말들이 주는 매혹을 너무나 잘 아는 것처럼, 낯선 인유가 주는 효과를 잘 알고 있는 듯하다. 잘 알고 있을 뿐만 아니라 그것을 효과적으로 잘 활용할 줄 알고 있는 듯하다. 『엔돌의 마녀』를 읽는 재미 중 하나는 인유된 것들의 실체를 찾아가는 것이기도 하기에 하는 말이다.

김소영 시인이 인유한 것들의 실체를 찾아가는 것이 재미있는 이유는 그것이 널리 알려진 것이라기보다 감추어진 것, 잘 몰랐던 것들이기 때문이다. 시인의 시를 보다 정확히 해설하기 위해 앞서 인용한 시에서 인유된 영화 〈새는 폐곡선을 그린다〉를 찾아보려고 하였으나 쉽지 않았다. 비교적 자세한 정보가 실린 위키백과에서 "지방 대학 영화과 교수로 재직 중인 주인공이 자신의 정체성을 찾아나가는 과정을 시적 영상에 잔잔하게 담아낸 작품으로 1999년 이탈리아 베네치아 국제영화제 '새로운 분야' 부문 초청에 이어 2000년 스위스 프리부그 영화제에서 대상을 차지했으나 극장을 확보하지 못해 개봉을 미뤄오다가 2002년 3월 1일 국내에 첫 공개하였다"라는 것과 출연진, 제작진 이름 정도를 찾았을 수 있었다. 3분짜리 예고편을 볼 수 있었지만 영화 내용을 이해하는 데 별 도움이 되지 않았다. 대부분의 독자들이 잘 모르는 것을 인유했을 때 생길 수 있는 '혼란'보다 그것이 주는 '효용'이 더 크다고 판단되었기에 김소영 시인은 이들을 과감히 시에 끌어들였을 것이다.

당연히 시를 읽는 독자의 수준에 따라 다르겠는데 나의 경우, 『엔돌의 마녀』에 나타나는 수많은 인유들 중 상당 부분이 낯설고 새로운 것이었다. 따라서 시를 이해하기 위해 이러한 인유의 '원천'을 찾아보아야 했다. 아니

꼭 찾아보아야만 했던 것은 아니다. 그렇게 하지 않아도 각 시는 각자의 독특한 이미지를 지니고 있었다. 그리고 뛰어난 비유도 군데군데 포진되어 있었다. 그런데 나는 김소영 시인이 시 속에서 인유한 것들의 '원천'을 찾아보는 것에서 색다른 재미를 느꼈다. 그것은 마치 가본 적 없는 곳을 여행하는 것과 같은 느낌을 주었고 만난 적 없는 사람들과 교감하는 것과 같은 느낌을 주었기 때문이다. 아마도 김소영 시인은 나같이 인유된 것까지 찾아보는 독자를 좋아하지 않을까? 독자들이 자신이 찾아낸 '보석'들을 함께 즐겨주기를 바라지 않을까? 그러나 얼마나 많은 독자들이 이러한 수고를 기꺼이 감수할지는 잘 모르겠다. 시집을 읽는 것을 수고롭게 느끼는 사람에게는 인유의 원천까지 찾아보라는 것은 너무도 가혹한 주문이 될 것이다. 물론 이러한 수고를 들이지 않고도 『엔돌의 마녀』를 재미있게 읽을 수 있다면 그것이 가장 좋은 일이겠지만 말이다.

3

『엔돌의 마녀』에서 압도적으로 많이 드러나는 '인유'는 기독교의 성서에서 유래한 것들이다. 특히 3부의 시들이 그러하다. 3부에는 "옛 질서는 사라지고 새로운 질서가 시작"된다는 「고린도후서」 5장 17절을 인용한 시 「레메게톤」이 있고, 「사도행전」 18장 3절의 "그 생업은 천막을 만드는 것이더라"를 제목으로 한 시 「그 생업은 천막天幕을 만드는 것이더라」도 있다. 그러나 기독교적인 이미지가 풍부한 이 시집을 기독교적이라고 할 수는 없을 듯하다. 시인이 신앙의 대상이 되어야 할 신에게 전적으로 의지하지 않고 있다는 점에서 그렇다. 성서적 이미지로 가득한 다음의 시 「단단한 살」을 보자.

어제 걸었던 길이 내 길이 아니었던 것처럼 나를 밀어내요 발바닥이 하얗게 일어나요 밀리면서 밀리면서 엄지발가락으로 ①에덴의 동쪽을 들어 올려요 ②순금의 땅에 묻어둔 ③베델리엄과 호마노를 찾으러 가지요 아킬레스건은 떨리고 무릎뼈는 동그랗게 튀어 올라요 생존이 급급한 새벽이에요 어금니는 ④선악과를 물고 놓지 않아요 오전 11시는 닫힌 문처럼 빳빳해지죠 스타킹은 결국 올이 나갔어요 발바닥부터 툭툭 터져 올라오는 실오라기들은 푸른 정맥처럼 파닥거려요 사직서를 쓰고 문을 열어요 사직서 한 장에 풍경이 달라져요 ⑤기혼의 ⑥강가에서 만났던 늙은 연어의 일상이 내 발밑에 머물러요 연어는 끝내 바다로 돌아가지 않아요 ⑦뼈 중의 뼈와 살 중의 살인 ⑧피붙이들은 닫힌 문밖에서 수선스러워요 내 피는 점점 차가워지죠 나는 더 이상 형제를 믿지 않아요

—「단단한 살」 전문

구약 성서를 언급하지 않고서 이 시를 제대로 설명하

기는 불가능하지 않을까 싶다. 특히 이 시는 구약 성서의 「창세기」 2장과 상호텍스트적으로 읽힌다. 이 시에 끼친 성서의 영향을 확인하기 위해서 좀 길지만 성서를 인용해 보기로 하자. 혹시 특정 종교를 내세우는 시에 거부감이 있는 사람들을 위해 이 시도, 나의 해설도 기독교 신앙과는 아무런 관련이 없다는 것을 미리 말해두고 싶다. 사실 내가 하고 싶은 얘기는 이 시인이 기독교 신앙의 핵심이라고 할 수 있는 유일신 그리스도의 죽음과 부활에 대한 신앙고백을 드러내지 않고 있다는 점이다. '너무나 기독교적이면서 동시에 너무나 기독교적이지 않은 것'이 김소영 시인의 시세계의 중요한 특징이라는 말이다.

8 여호와 하나님이 ①동방의 에덴에 동산을 창설하시고 그 지으
신 사람을 거기 두시니라 9 여호와 하나님이 그 땅에서 보기에 아름
답고 먹기에 좋은 나무가 나게 하시니 동산 가운데에는 생명나무와
선악을 알게 하는 나무도 있더라 10 ⑥강이 에덴에서 흘러나와 동
산을 적시고 거기서부터 갈라져 네 근원이 되었으니 11 첫째의 이름
은 비손이라 금이 있는 하윌라 온 땅을 둘렀으며 12 ②그 땅의 금은
순금이요 그 곳에는 ③베델리엄과 호마노도 있으며 13 둘째 강의
이름은 기혼이라 구스 온 땅을 둘렀고 14 셋째 강의 이름은 힛데겔
이라 앗수르 동쪽으로 흘렀으며 넷째 강은 유브라데더라 15 여호와
하나님이 그 사람을 이끌어 에덴동산에 두어 그것을 경작하며 지키
게 하시고 16 여호와 하나님이 그 사람에게 명하여 이르시되 동산

각종 나무의 열매는 네가 임의로 먹되 17 ④선악을 알게 하는 나무의 열매는 먹지 말라 네가 먹는 날에는 반드시 죽으리라 하시니라 18 여호와 하나님이 이르시되 사람이 혼자 사는 것이 좋지 아니하니 내가 그를 위하여 돕는 배필을 지으리라 하시니라 19 여호와 하나님이 흙으로 각종 들짐승과 공중의 각종 새를 지으시고 아담이 무엇이라고 부르나 보시려고 그것들을 그에게로 이끌어 가시니 아담이 각 생물을 부르는 것이 곧 그 이름이 되었더라 20 아담이 모든 가축과 공중의 새와 들의 모든 짐승에게 이름을 주니라 ⑤아담이 돕는 배필이 없으므로 21 여호와 하나님이 아담을 깊이 잠들게 하시니 잠들매 그가 그 갈빗대 하나를 취하고 살로 대신 채우시고 22 여호와 하나님이 아담에게서 취하신 그 갈빗대로 여자를 만드시고 그를 아담에게로 이끌어 오시니 23 아담이 이르되 이는 ⑦내 뼈 중의 뼈요 살 중의 살이라 이것을 남자에게서 취하였은즉 여자라 부르리라 하니라 24 이러므로 ⑧남자가 부모를 떠나 그의 아내와 합하여 둘이 한 몸을 이룰지로다 25 아담과 그의 아내 두 사람이 벌거벗었으나 부끄러워하지 아니하니라

— 구약 성서, 「창세기」 2장 8~25

김소영 시인의 시 「단단한 살」과 「창세기」 2장의 유사한 이미지들을 각각 밑줄 치고 번호를 붙여보았다. 시와 성서의 인용에서 같은 번호는 같은 이미지를 보여주는 것들이다. 「창세기」 2장이 그러한 것처럼 「단단한 살」도 남성과 여성이 만나 '기혼'이 되는 것과 관련이 있다. 그러나

이 시는 '스타킹'으로 대변되는 '여성' 화자가 '나'의 주관적 정서만을 이야기하고 있다는 점에서 「창세기」 2장과는 다르다.

김소영 시인의 많은 시들이 성서에서 많은 시어들을 차용하고 있음에도 내가 기독교적이지 않다고 말한 이유는 이 시에 드러나는 부정적인 이미지와도 관련이 된다. 「단단한 살」에는 '아니었던', '밀어내요', '생존이 급급한 새벽', '놓지 않아요', '빳빳해지죠', '올이 나갔어요', '사직서를 쓰고', '늙은 연어', '끝내 바다로 돌아가지 않아요', '차가워지죠', '믿지 않아요' 등의 부정적인 이미지를 지니는 단어들로 수놓아져 있다. 이 시뿐 아니라 김소영의 시세계는 긍정보다는 부정, 희망보다는 절망, 희극보다는 비극을 보여주고 있다. 이것이야말로 그의 시가 신앙의 세계보다 인간적인 세계를 노래하고 있다는 결정적인 증거가 아닐까? 그리고 바로 이러한 점 때문에 김소영의 시가 종교시, 혹은 기독교 시의 범주에 머무르지 않을 수 있는 것이 아닐까? 그리고 비로소 바로 여기가 그의 빼어난 시 「엔돌의 마녀」가 태어나는 지점이다.

나는 모든 신화를 부정하고 태어날 거야

메소포타미아를 지나 예루살렘을 건너
매음녀의 자궁을 향해

꾸역꾸역 가다보면
혼돈의 진리 그 가운데 서 있는 메스키트나무도 지나겠지
신화처럼 넓고 깊은 뿌리
어설픈 추종자들과 적대자들
스타벅스에서는 그 시간에도 명랑하고 발칙한
신화들이 만들어지겠지

햇살 아래서도 지옥을 꿈꾸는 나체

나는 빨간 신화를 신고 우파우파 불춤을 출 거야
나를 부정하는 시간마다
또각또각 새겨지는 타락의 고리

나는 모든 신화를 부정하고 다시 태어날 거야
—「엔돌의 마녀」 전문

이 시는 성서의 「사무엘상」 편에 대한 이해가 전혀 없어도 그 자체로 자족적이다. "나는 모든 신화를 부정하고 태어날 거야"라는 도발, '메소포타미아'에서 '이스라엘'에 이르는 역사적이고 지리적인 이미지, '스타벅스'가 환기하는 현대적 이미지, 폴 고갱의 〈우파우파 불춤〉에서 가져온 원시적인 이미지 등 독자들을 매혹하는 요소가 많

다. 김소영 시의 이렇게 '명랑하고 발칙한' 점이 나는 매우 주목된다. 모든 신화를 부정하고 다시 태어난 후의 그는 어떻게 되었을까? 그의 다음 시집이 벌써 기대가 된다.

달아실시선 56

엔돌의 마녀

1판 1쇄 발행 2022년 7월 30일

지은이 김소영
발행인 윤미소
발행처 (주)달아실출판사

책임편집 박제영
디자인 전형근
마케팅 배상휘
법률자문 김용진

주소 강원도 춘천시 춘천로 257, 2층
전화 033-241-7661
팩스 033-241-7662
이메일 dalasilmoongo@naver.com
출판등록 2016년 12월 30일 제494호

ISBN 979-11-91668-45-2 (03810)

* 이 책은 안산시 문화예술진흥기금 지원을 받았습니다.